GUÍA DE LECTURA

Escrita por Kathy Jusseret
Traducida por Laura Soler Pinson

Tartufo

de Molière

Entiende fácilmente la literatura con

ResumenExpress.com

www.resumenexpress.com

MOLIÈRE   1

Dramaturgo, director de compañía de teatro y actor francés

TARTUFO   2

Una comedia con aires de tragedia

RESUMEN   3

ESTUDIO DE LOS PERSONAJES   10

Tartufo
Las víctimas del engaño
Los personajes lúcidos

CLAVES DE LECTURA   14

Estructura de la obra
La comedia moral
Los tipos de cómico
Tartufo o la crítica

PISTAS PARA LA REFLEXIÓN   22

Algunas preguntas para profundizar en su reflexión...

PARA IR MÁS ALLÁ   24

MOLIÈRE

DRAMATURGO, DIRECTOR DE COMPAÑÍA DE TEATRO Y ACTOR FRANCÉS

- **Nacido en 1622 en París (Francia)**
- **Fallecido en 1673 en la misma ciudad**
- **Algunas de sus obras:**
    - *Don Juan* (1665), comedia
    - *El avaro* (1668), comedia
    - *El burgués gentilhombre* (1670), comedia-ballet

Molière (cuyo verdadero nombre es Jean-Baptiste Poquelin), nacido en París en 1622 en el seno de una familia burguesa adinerada, es a la vez autor, escenógrafo, director de compañía y actor. Se orienta desde muy pronto hacia el teatro y funda junto a la actriz Madeleine Béjart la compañía del Ilustre Teatro. Tras doce años de teatro itinerante fuera de la capital, vuelve a París, llama la atención de Luis XIV, que lo pone a su servicio.

Escribe principalmente comedias en las que, amparándose en la risa, saca a la luz los defectos de sus contemporáneos (el preciosismo, el pedantismo, la avaricia, etc.) y critica la sociedad del siglo XVII (los padres autoritarios, los falsos devotos, los médicos charlatanes, etc.). Las numerosas obras que escribe siguen ejerciendo a día de hoy una influencia considerable, y convierten a Molière en un autor principal del siglo clásico.

TARTUFO

UNA COMEDIA CON AIRES DE TRAGEDIA

- **Género:** comedia
- **Edición de referencia:** Molière. 2011. *Tartufo*. Traducido por Juan Andrés Piña. Santiago de Chile: Zig-Zag. Edición Kindle
- **Primera edición:** 1664
- **Temáticas:** hipocresía, clero, devotos, matrimonio, seducción, moral, religión

En 1664, los devotos logran que se prohíban las dos primeras versiones de la obra. La tercera, *Tartufo o el impostor*, solo obtendrá la autorización en 1669 y cosechará un gran éxito (se representa 77 veces estando el artista vivo y, en total, se interpreta más de 3000 veces en la Comédie-Française, lo que la convierte en una de las obras clásicas más escenificadas). Esta comedia narra la historia de Orgón, un notable que cae de manera absurda bajo la influencia de Tartufo, un falso devoto. Orgón le ofrece a Tartufo la mano de su hija, mientras que este intenta seducir a su esposa. Cuando Tartufo es atrapado y desenmascarado, trata de echar de su casa a Orgón gracias a una donación que este último le había hecho de sus bienes y gracias a que tiene en su poder documentos comprometedores.

RESUMEN

ACTO I

Escena 1

La señora Pernelle se dirige a cada miembro de la casa para criticarlos sin miramientos: Dorina, la sirvienta, Damis y Mariana, sus nietos, Elmira, su nuera, y Cleante, su hijo. Se enfada porque ve que estos no aprecian a Tartufo, el hombre pío que ha acogido generosamente Orgón, su otro hijo, del que celebra su carácter y su comportamiento. Solo ella y Orgón están convencidos de los méritos del devoto y del ejemplo que representa para todo el mundo; los otros, incluida Dorina, consideran que «toda su conducta es pura hipocresía» (Molière 2011, acto I, escena 1).

Escena 2

Cleante y Dorina hablan acerca de la adulación excesiva e ingenua de la señora Pernelle hacia Tartufo. Cleante resalta que Orgón está bajo un hechizo todavía mayor.

Escena 3

Damis le pide a Cleante que hable con Orgón para que apoye la boda de su hermana Mariana con Valerio. Este matrimonio corre peligro por la presencia de Tartufo, ya que Orgón quiere entregar su hija a este último.

Escena 4

Dorina le explica a Orgón que su esposa se encontraba

enferma el día anterior. Orgón se muestra más preocupado por la situación del devoto que por la de Elmira y pregunta: «¿Y Tartufo?» (Molière 2011, acto I, escena 4).

Escena 5

Cleante habla de Tartufo a Orgón, que no lo escucha, se obceca y se deshace en elogios: expone la piedad y el ejemplo de caridad que representa Tartufo. Cleante trata de abrirle los ojos y dice en vano: «¿Acaso no distingues entre la devoción y la hipocresía?» (Molière 2011, acto I, escena 5)

ACTO II

Escena 1

Orgón anuncia su deseo de casar a Mariana con Tartufo para que este quede vinculado a la familia.

Escena 2

Dorina no se cree el anuncio de la boda, pero Orgón insiste en la veracidad de esta noticia. La sirvienta inicia entonces un discurso muy crítico contra Tartufo, pero a pesar de sus intentos para disuadir a Orgón (quien ya ha prometido a Mariana con Valerio), el anciano se mantiene firme en su posición y, tras enojarse con Dorina, se va.

Escena 3

Mariana se muestra pasiva: «¿Qué quieres que haga contra un padre tan dominante?» (Molière 2011, acto II, escena 3). A continuación, riñe con Dorina, que no soporta el inmovilismo de la joven. Para que reaccione, la sirvienta le expone las consecuencias de ese matrimonio: «Me gustaría verla entartufada» (Molière 2011, acto II, escena 3). Mariana solo ve una salida funesta para ese destino.

Escena 4

Valerio llega junto a Mariana. Se produce a continuación una disputa amorosa teñida de tristeza y de abandono, ya que cada uno hace recaer la responsabilidad de este amargo destino sobre el otro. Se dicen adiós sin que ninguno reaccione. Dorina toma las riendas de la situación para hacerles ver el amor que sienten el uno por el otro, y trama un plan para sacarles de esta situación.

ACTO III

Escena 1

Damis y Dorina hablan de Tartufo.

Escena 2

Tartufo entra en escena y Dorina le informa de que Mariana quiere verlo.

Escena 3

Elmira y Tartufo están juntos. Damis, escondido, escucha cómo Tartufo confiesa su deseo hacia Elmira y su intención de no casarse con la hija de esta. Elmira se muestra muy sorprendida, y Tartufo responde: «No por ser devoto dejo de ser hombre» (Molière 2011, acto III, escena 3). Sabe que Orgón ha caído bajo su influjo, así que no tiene miedo de que ella le cuente algo a su marido. Elmira sigue con su plan y le pide entonces que apoye el matrimonio de Mariana y Valerio.

Escena 4

Damis sale de su escondite y, furioso, está dispuesto a contarlo todo.

Escena 5

Damis le revela a su padre lo que acaba de ver.

Escena 6

Tartufo confiesa y se humilla («Todos me toman por hombre de bien, pero la pura verdad es que no valgo nada», Molière 2011, acto III, escena 6). Esto conmueve a Orgón, que se irrita por la antipatía que muestra su familia hacia el hombre que adula. Decide entonces adelantar la boda de Mariana con Tartufo y deja sin sucesión a Damis.

Escena 7

Orgón le manifiesta a Tartufo el aprecio que siente por él.

ACTO IV

Escena 1

Cleante intenta averiguar las intenciones de Tartufo y, para ello, lo interroga acerca de su participación en el proceso para desheredar a Damis, el legítimo heredero. Tartufo, que ofrece una explicación poco creíble, se siente acorralado ante la insistencia de Cleante y se va.

Escena 2

Elmira, Mariana, Cleante y Dorina conversan acerca de la situación.

Escena 3

Mariana le suplica a su padre que no la case con Tartufo. De hecho, habla incluso de irse a un convento. Orgón no presta atención a los comentarios que le hacen sus allegados. Entonces, Elmira se propone demostrar que Damis tiene razón en lo que respecta a la traición del devoto.

Escena 4

Elmira esconde a Orgón para que observe el comportamiento de Tartufo.

Escena 5

Tartufo, que no sospecha nada, le devuelve la confianza de manera progresiva a Elmira. Para engañarlo, la mujer le dice que le va a demostrar que alberga los mismos sentimientos que él.

Escena 6

Tartufo se ausenta para comprobar que no hay nadie en el paraje. Entonces, Orgón sale de su escondite y se indigna, pero Elmira le aconseja que espere todavía un poco más para observar la hipocresía del hombre.

Escena 7

Orgón tiene al fin la prueba del engaño de Tartufo y le insta a que abandone su casa. Este le devuelve la amenaza y le revela que, a partir de ese momento, gracias a las donaciones de Orgón, se convierte en el dueño del lugar.

Escena 8

Orgón empieza a temer por su futuro y por el de su familia, ya que Tartufo lo amenaza con revelar los actos deshonestos que ha cometido en el pasado.

ACTO V

Escena 1

Orgón explica brevemente la historia de una caja que habría escondido a un amigo que está huyendo. Por otra parte, proclama que ya no cree en la existencia de los hombres honrados. Cleante trata de calmarlo.

Escena 2

Orgón, Cleante y Damis aclaran la situación.

Escena 3

Toda la familia está presente y Orgón intenta explicar a su madre, en vano, el alto nivel de hipocresía de Tartufo, pero ella no se decide a creerlo.

Escena 4

El señor Leal llega de parte de Tartufo para embargar los bienes y expropiar a Orgón. Padre e hijo enfurecen.

Escena 5

La señora Pernelle empieza a darse cuenta de la gravedad de la situación. Para Elmira, la única solución es sacar a la luz la verdadera naturaleza de Tartufo para que el contrato quede anulado.

Escena 6

Valerio llega bien informado. Viene para ayudar a Orgón en su huida, ya que este último había ayudado a un criminal del Estado, por lo que es culpable ante la justicia del rey.

Escena 7

Orgón está a punto de huir y, en ese momento, llega Tartufo acompañado del oficial encargado de arrestar a Orgón. Tartufo reconoce la bondad con la que este último le ha tratado, pero su primer deber es el interés del príncipe. En ese momento, el oficial no se gira hacia Orgón, sino hacia Tartufo. En realidad, se conocían otras fechorías de Tartufo y, además, el príncipe se ha acordado de los servicios de Orgón en el pasado. Todo vuelve a la normalidad. El rey encarcela a Tartufo y se celebra la boda entre Mariana y Valerio.

ESTUDIO DE LOS PERSONAJES

TARTUFO

Es un falso devoto, un hipócrita y un aprovechado que se introduce en la familia de Orgón para despojarla de todo mediante el engaño y el pretexto de la religión. A pesar de ser el personaje central, puesto que toda la trama gira en torno a él y que cada protagonista se define a través de la relación que tiene con él, aparece principalmente en los actos III y IV.

Tartufo es un amante de la buena vida, robusto, corpulento, que se deja llevar por sus deseos sensuales mientras finge piedad. Sus actos y sus comportamientos son excesivos, e incluso absurdos, y esto provoca risa.

Es un manipulador muy sutil, un oportunista que cambia de bando y se adapta a las situaciones para salir airoso. Así, no duda en seguir la corriente a sus detractores y en fingir arrepentimiento cuando es necesario. Por lo tanto, se nos presenta como un hombre bastante maquiavélico. Debemos señalar también que el espectador se encuentra frente a este personaje en la misma posición que los miembros de la familia, conscientes de la hipocresía del devoto, que no lo aprecian. La identificación con el bando de los lúcidos (es decir, con aquellos que ven claramente al verdadero Tartufo) es así total.

LAS VÍCTIMAS DEL ENGAÑO

La señora Pernelle

Es la madre de Orgón. Está anticuada, es estricta, se deja embaucar por Tartufo hasta el final y critica a todo el mundo. Es también el doble de Orgón.

Orgón

Es el cabeza de familia. Es el pilar de la obra puesto que, sin su ingenuidad y adulación hacia Tartufo, la trama no se habría desarrollado y este último no tendría ningún poder. Es un anciano que teme ir al infierno y quiere asegurarse su sitio en el paraíso. Para ello, acoge en su casa a un hombre de fe. Su interés por el devoto pasa de la abnegación a la obcecación. Al contrario que su hermano Cleante, Orgón se excede en sus decisiones y en su manera de imponer su autoridad.

LOS PERSONAJES LÚCIDOS

Dorina

Dorina es la sirvienta y se caracteriza por su franqueza. Por otra parte, parece tener poco respeto por la jerarquía familiar, puesto que se toma la libertad de responder a su amo, Orgón. Se opone al matrimonio de Mariana con Tartufo. Representa el sentido común, aun cuando lo expresa sin demasiada medida. Se convierte así en el doble de Cleante.

Elmira

Es la segunda esposa de Orgón, probablemente es bastante joven y no es la madre de los dos hijos de su marido. Es totalmente consciente del engaño de Tartufo y es una mujer moderna que actúa, que se adapta a la gente y que respeta las convenciones. Es discreta y, sin embargo, es ella la que permite encontrar una solución y desenmascarar al impostor, siempre desde la prudencia en sus actos y palabras.

Cleante

Es el hermano de Orgón y su opuesto. Es el personaje serio de la comedia de Molière. A lo largo de toda la obra, se presenta como el lado mesurado de la situación. Al contrario que su hermano, se niega a pensar que todos los hombres buenos son malos, solamente porque un hombre malo se haya escondido bajo la apariencia de uno bueno. Con respecto a esto, pone de relieve la falsa devoción y hace justicia a la verdadera. Es un personaje razonable, encarna la normal y la moral justa y, de esta manera, simboliza la ética del hombre honesto (caracterizado por la mesura, la razón y el término medio). Se trata de una figura muy importante en aquella época, puesto que era ejemplarizante.

Mariana, Valerio y Damis

Estos personajes son, respectivamente, la hija de Orgón, su prometido y el hijo de Orgón. Estos tres protagonistas están claramente en un segundo plano con respecto a los demás, y se muestran poco activos. La primera es tímida, sumisa y parece no poder escapar a la autoridad paterna. Damis, el hijo de Orgón, reacciona siempre de manera violenta, y eso

juega en su contra puesto que desata la furia de su padre,
que lo deshereda. Por otra parte, también podríamos pensar que ha heredado esa impetuosidad de este último. En
cuanto a Valerio, el amante, cuando le arrebatan la mano
de Mariana, se queda pasivo hasta cierto punto, aunque sí
que es cierto que intenta ayudar a Orgón en su huida para
restablecer la situación inicial.

CLAVES DE LECTURA

ESTRUCTURA DE LA OBRA

La obra está dividida en cinco actos que corresponden cada uno a una etapa, a un acontecimiento particular.

El primer acto es el momento de la exposición de los hechos. Es un principio *in media res* (nos sumergimos directamente en la acción), puesto que empieza con una disputa en la que se establecen los lazos familiares. No aparece Tartufo y, sin embargo, en los diálogos se habla de él y cada personaje se define con respecto a él. El espectador entiende que hay dos bandos: las víctimas del engaño (la señora Pernelle y Orgón) y los lúcidos (el resto de la familia).

Desde el punto de vista del lenguaje, observamos la alternancia de largos monólogos y de breves réplicas entrecortadas que permiten dar la palabra brevemente a cada personaje; así, cada personaje desaprueba o elogia a su vez a Tartufo.

El segundo acto corresponde a la decisión de Orgón de entregar su hija a Tartufo. Este acto nos muestra el inmovilismo y la sumisión de la joven. Dorina se rebela contra esta actitud cobarde y contra la riña amorosa, inútil, que opone a Mariana y Valerio, y que muestra la gran influencia que puede ejercer Orgón sobre su familia. El tema del matrimonio forzoso domina la situación.

Lo cómico está muy presente en los intercambios gracias al

personaje de Dorina, que se mofa, que no puede creer lo que ve y que se enoja. Además, los versos y los ecos se responden, el ritmo es rápido y la ironía, la burla y la contradicción imprimen mucho dinamismo al acto.

El tercer acto conlleva una gran importancia, puesto que marca un giro en la obra: Tartufo, a quien el espectador espera desde el principio dado que solo se habla de él, por fin aparece. Se nos presenta tal y como lo imaginábamos, exagerando sus rasgos hasta rozar lo ridículo. Parece ser un personaje insolente y peligroso, con reacciones imprevisibles. Por lo tanto, el espectador debe mantenerse alerta.

El cuarto acto comprende una acumulación de errores, de enredos y de peligros. El éxito de la maldad de Tartufo alcanza su apogeo: sigue engañando cada vez más a Orgón, hace que Damis sea desheredado, intenta seducir de nuevo a Elmira y ya es inevitable la boda, que se adelanta, de hecho, a ese mismo día. Hay mucha tensión y, en consecuencia, este acto adquiere más bien un registro trágico: la familia se encuentra en una difícil situación y el tono de los diálogos es serio. En este acto también sale a la luz la falsa devoción de Tartufo. Así, el galán es desenmascarado en una escena de farsa que aligera el tono dramático.

El quinto acto es el acto final. El espectador, que lleva toda la obra conteniendo el aliento tanto por la risa como por la tensión de la sucesión de acontecimientos desgraciados, puede al fin respirar tranquilo, puesto que se produce un feliz desenlace. Nadie podía imaginarlo: ni Tartufo, ni la familia y aun menos el espectador. Por otra parte, parece un milagro que la situación se haya resuelto *in extremis*, a pesar de que el acto salvador no se deba a Dios, sino al rey.

El final es bastante elocuente: toda la familia se reúne y Cleante está representado como el hombre honrado. No obstante, Molière no puede dejar a los espectadores sin una última nota cómica en este último acto: el diálogo que opone a la señora Pernelle y a su hijo provoca risa, puesto que ella es víctima del engaño y es Orgón, que hasta ese momento también lo era, quien debe hacerle entender que Tartufo es un impostor. Esto es una repetición de una escena que hemos visto en diferentes ocasiones.

LA COMEDIA MORAL

La comedia moral, género teatral muy importante en el siglo de Luis XIV (junto con la tragedia y la farsa), se define como un estudio crítico de las costumbres que tiene como objetivo corregir los defectos de los hombres. Por lo tanto, hay una utilidad moral en el teatro de Molière y, de hecho, es lo que caracteriza a toda la dramaturgia del siglo clásico. La intención es la prevención y la instrucción. En su prefacio, Molière dice: «Nada corrige mejor a la mayoría de los hombres que la pintura de sus defectos» (García Fernández). Para el autor, la crítica se convierte así en la clave para enseñar nuevos comportamientos. De esta manera, en sus obras presenta vicios como la avaricia, los celos y la hipocresía, y los denuncia mediante una ridiculización extrema de los personajes caracterizados por estos defectos. El ridículo es, para Molière, uno de los mejores recursos para mostrar al espectador lo que debe cambiar en su interior para alcanzar la conducta del hombre honrado.

Distinguimos dos tipos de comedia moral en la obra de Molière: por una parte, la comedia de carácter, que describe los comportamientos y, más en particular, los vicios de los hombres (como sucede en el *Tartufo*), y, por otra parte, la comedia de costumbres, en la que describe las costumbres de la sociedad (por ejemplo, *Las preciosas ridículas*). Hemos de señalar que también inventa la comedia-ballet (*El burgués gentilhombre*, *El enfermo imaginario*), en las que inserta escenas coreografiadas.

LOS TIPOS DE CÓMICO

En las obras de Molière, se presentan distintos tipos de cómico. Tenemos que puntualizar primero que lo cómico es un registro literario, mientras que la comedia es un género. Lo cómico es lo que provoca la risa y lo que caracteriza a la comedia. Existen cuatro tipos de cómico en el teatro, y los encontramos todos en *Tartufo*:

- gestual: la risa es provocada por los gestos de los actores (para el lector de la obra, la información viene detallada en las didascalias), es decir, por la mímica, las muecas, la ropa y los accesorios, como, por ejemplo, la bofetada que Orgón intenta darle a Dorina (Molière 2011, acto I, escena 1);
- de carácter: el carácter del personaje, sus vicios, sus ideas y sus rasgos morales provocan la risa. Aquí, Tartufo, personaje con dos caras, se pone en ridículo cuando juega a ser devoto mientras intenta seducir a Elmira (Molière 2011, acto III, escena 3);
- de situación: lo cómico viene dado por la situación

incongruente en la que se encuentran los personajes (imprevistos, coincidencias, malentendidos, etc.). Así, Tartufo declara con elocuencia su deseo por Elmira cuando Orgón está escondido bajo la mesa (Molière 2011, acto IV, escenas 4, 5 y 6);

• de palabras: las palabras pronunciadas por los actores causan risa (deformaciones, jerga, exageración, juegos de palabras, repeticiones, etc.), como, por ejemplo, cuando Dorina informa a Orgón de que Elmira está enferma y este repite constantemente «¡El pobre hombre!» pensando en Tartufo, cuando este último goza de buena salud (Molière 2011, acto I, escena 4).

TARTUFO O LA CRÍTICA

De la hipocresía

Entre los temas abordados, el más importante es el de la hipocresía como defecto de la naturaleza humana, y es incluso la clave esencial de la obra.

En el prefacio, el autor escribe que «[la hipocresía] provoca, dentro del Estado, unas secuelas mucho más peligrosas que todos los demás [vicios]» (García Fernández). El hipócrita es aquel que esconde sus verdaderos sentimientos, sus verdaderos pensamientos, sus verdaderas intenciones y manipula así a sus interlocutores. Tartufo corresponde a este personaje: se pone la careta del hombre de bien, pero no es más que un mentiroso, un criminal y un aprovechado. No revela sus sentimientos, pero la presencia de los dos bandos de personajes permite que el espectador capte la esencia de este hombre y no se deje embaucar. Es más, el hecho de que no sepamos realmente quién es Tartufo se traduce en la obra por el hecho de que casi no aparece, a pesar de ser el elemento central. Por lo tanto, se ve definido por la repercusión que sus afirmaciones y sus hechos tienen en el entorno, y no por su interior, al que solo tenemos acceso cuando se le cae la careta.

Se palpa la hipocresía ya desde la primera escena. Los personajes con los que el espectador simpatiza son aquellos que critican más duramente al falso devoto, mientras que Orgón y la señora Pernelle parecen ser poco lúcidos vista su gran adulación y, por lo tanto, son poco creíbles. Detrás de una humildad fingida se esconde un hombre ávido de poder y de dinero. El espectador conoce esa doblez y Molière quiere que su público la perciba directamente para, quizás, enfrentarlo con su propia realidad.

De la religión

Es evidente que Molière no solo critica la hipocresía sino, sobre todo, la actuación de un personaje que lleva la careta de hombre de fe. El autor inicia así un ataque hacia la religión, lo que le valió en su momento la prohibición de las dos primeras versiones de la obra.

El siglo clásico era muy religioso, y en las dos primeras versiones que Molière presenta, el escritor ataca sin rodeos la religión: en ellas, es difícil distinguir a los verdaderos y a los falsos devotos. Por ello, no es de sorprender que se prohíba su representación durante cinco años.

Molière arguye que solo ha tomado el hombre de Iglesia

como pretexto, que su crítica recae únicamente sobre la hipocresía, pero hay motivos de peso que nos llevan a considerar que también apunta a la religión. En primer lugar, Tartufo se esconde detrás de la fe; además, el dramaturgo recurre constantemente al vocabulario religioso y lo pone en boca del mentiroso, que evoca durante toda la obra a Dios, el pecado, la tentación, la caridad, el arrepentimiento, etc.

Sin embargo, para contrarrestar esta imagen negativa del devoto, Molière crea el personaje de Cleante, que aporta matices. Nos muestra que no toda la devoción sirve para engañifas, y que no todos los devotos son hombres malvados que esconden su verdadera naturaleza. Critica a los falsos devotos, pero reconoce que existen personas cuyos pensamientos y acciones son auténticamente caritativos.

Por lo tanto, tenemos por una parte una práctica religiosa falsa y, por ende, condenable, y por otra parte, una práctica religiosa moderada y buena, cuya existencia viene destacada por Cleante.

La prohibición de la obra fue el resultado de la acción de un grupo de individuos, el «partido de los devotos», personajes influyentes de la Compañía del Santo Sacramento. Este organismo se ocupaba de las misiones extranjeras, de la lucha contra los herejes, de las obras de beneficencia: visitas a las cárceles, protección de las jóvenes, ayuda a huérfanos y socorro a los pobres. También pretendía luchar contra el caos, los duelos, los excesos del carnaval y, en general, contra todo desorden. Para garantizar a cualquier precio la salvación del prójimo, velaba por el mantenimiento del orden moral sin ruido, sutilmente, gracias a presiones discretas que ejercía a través de una red de personajes poderosos. Los miembros de esta compañía se sintieron atacados por esta obra, puesto que consideraban que se ponía de relieve la doblez del comportamiento con respecto a la religión de una manera demasiado sutil. Quien permite la representación de la obra de teatro es el personaje de Cleante.

Del matrimonio forzoso

Nos encontramos otra crítica que destaca, aunque en menor medida: la del matrimonio forzoso, el que Orgón impone a su hija haciendo uso del absolutismo de su poder paternal, a pesar de que ella debía casarse con otro. En la época en la que se escribe la obra, esta práctica es todavía muy común. Molière presenta por lo tanto una escena habitual: el padre y, después, el marido, gozan de todos los derechos en la casa y no sirve de nada intentar contradecirlos. El autor condena esta práctica, puesto que, al final, la unión que se celebra es la del amor.

PISTAS PARA LA REFLEXIÓN

ALGUNAS PREGUNTAS PARA PROFUNDIZAR EN SU REFLEXIÓN...

- ¿Cómo consigue Tartufo engañar a Orgón y a la señora Pernelle?
- ¿Qué diferencias existen entre Orgón y su hermano Cleante desde el punto de vista de sus comportamientos y de sus discursos?
- Algunos aspectos de la obra de Molière todavía están de actualidad, pero otros se han quedado obsoletos. Explique esto y justifique su respuesta.
- Explique en qué consiste la postura del hombre honrado en la época de Molière, tomando como ejemplo a un personaje de la obra.
- La escena 7 del quinto acto es un golpe de efecto. ¿Cómo ha podido suceder?
- ¿Qué elementos definen a esta obra como una comedia?
- ¿Cómo procedería para llevar a escena esta obra?
- Se suele decir que la señora Pernelle encarna el conservadurismo, mientras que Elmira representa una suerte de modernidad. ¿En qué podríamos basar esta observación (comportamiento, actitudes, rasgos de carácter)?
- ¿Es Tartufo el único personaje criticado y ridiculizado? Justifique su respuesta.

¡Su opinión nos interesa!
¡Deje un comentario en la página web de su librería en línea,
y comparta sus favoritos en las redes sociales!

PARA IR MÁS ALLÁ

EDICIÓN DE REFERENCIA

- Molière. 2011. *Tartufo*. Traducido por Juan Andrés Piña. Santiago de Chile: Zig-Zag. Edición Kindle.

ESTUDIOS DE REFERENCIA

- Ferreyrolles, Gérard. 1987. *Tartuffe*. París: PUF.
- García Fernández, José Antonio. "Jean-Baptiste Poquelin, *Molière* (1622-1673)". Departamento de Lengua y Literatura, IES Avempace. Consultado el 12 de septiembre de 2016. www.avempace.com/file_download/3375/Molière.pdf
- Pommier, René. 1991. *Études sur Tartuffe*. París: SEDES.

ADAPTACIONES

- *Tartufo* (*Herr Tartüff*). Dirigida por Friedrich Murneau, con Emil Jannings y Werner Krauss. Alemania, 1926.
- *Tartufo* (*Le Tartuffe*). Dirigida por Gérard Depardieu, con Gérard Depardieu y François Périer. Francia, 1984.

EN RESUMENEXPRESS.COM

- Guía de lectura de *Anfitrión* de Molière.
- Guía de lectura de *Don Juan* de Molière.
- Guía de lectura de *El avaro* de Molière.
- Guía de lectura de *El enfermo imaginario* de Molière.
- Guía de lectura de *Las preciosas ridículas* de Molière.

Resumen Express.com